Rrr... Zzzzzz...

Rrr... Zzzzzz...

Rrrr... Zzzzzz... Rrrrr... Zzz...

Rrr... Zzzzzz...

Rrrrr... Zzzzzz... Rrrr... Zzz...

rr... Zzzzzz...

Para Édith y Jean

Traducción: Elena Gallo Krahe

Título original: *Y a un louuuuhouu!*
© Éditions du Seuil, 2014
© De esta edición: Grupo Editorial Luis Vives, 2015

Edelvives Talleres Gráficos. Certificado ISO 9001
Impreso en Zaragoza, España

ISBN: 978-84-263-9383-8
Depósito legal: Z 1807-2014

¡SOY EL LOBO!

André Bouchard

EDELVIVES

—¡Auuuuu! ¡Auuuuuuu!

—Rrrr... Zzz... Rrrr... Zzzz...

—Venga, arriba, ¡que soy el LOBO!

¡Habrase visto! ¡Esta niña parece la bella
durmiente!

—¡Auuuuu! ¡Auuuuuuu!

—Estupendo, Lobo. ¡Me has despertado!

—¿Quién eres tú y qué haces aquí, canijo?

—Soy la pesadilla de esta niña. Vivo debajo de su cama.

—¡Auuuuu! ¡Auuuuuuuuu!
—¡Chist! ¡La vas a despertar!

—Es que tengo que despertarla para darle miedo.

—¡Que no, que no! Tiene que seguir durmiendo para que YO pueda darle miedo.

—¡Oye, Pesadilla!
Aquí el que da miedo soy YO, no tú.

—¡Qué va, qué va! Yo también quiero darle miedo.
¡Un miedo horroroso! ¡Monstruoso! ¡Pavoroso! ¡Espant...!

—¡Gulp!
Bueno, ¡se acabó!

—¡Uuuuu! ¡Uuuuuuu!...

«¡Blum!... ¡Blum!... ¡Blummm!».

—¡Ruido de pasos!... Debe de ser la abuelita.

—¡Cállate ya, Lobo! Llevo un rato
atormentando a la abuelita y ahora quiero
dormir.

—Lo siento, Pesadilladelaabuelita, la culpa
es de esta pequeña insolente.

—Estoy intentando aterrorizarla,
pero no hay manera de despertarla.

—Te voy a ayudar, Lobo.
Los colegas están para echarse un cable.

—¡Aaauuuuuuuuuuuu! ¡Aauuuuuuuuuu!

—¡Aaaarrrrrg! ¡Grooooar! ¡Aaaaaaarrrrg!

—¡Aauuuuuuuuuuuuu! ¡Aaah! ¡Aaah!
Me estoy empezando a cansar.

—¡Groooar! ¡Aah! ¡Aaaahh! Y yo. ¡Qué tarde es!

—¿Descansamos un poco?

—¡Pfff! Este trabajo nocturno es agotador.

—RRRR... Zzzzzz... Rrrr... Zzzzzz... Rrrr... ZZZZZZ...
RRRR... Zzzzzz... Rrrr... Zzzzzz... RRRR... ZZZZZZ...
Rrrr... Zzzzzz...

—Rrrr... ZZZZZZ... Rrrr... Zzzzzz... RRRR...
ZZZZZZ... Rrrr... ZZZZZZ... RRRR... ZZZZZZ... Rrrr...
Zzzzzz... RRRR... ZZZZZZ...

—Rrrr... Zzzzzz... Rrrr... Zzzzzz... RRRR... ZZZZZZ... RRRR... Zzzzzz... Rrrr... Zzzzzz... RRRR... ZZZZZZ...

—Rrrr... ZZZZZZ... Rrrr... ZZZZZZ... Rrrr... Zzzzzz... RRRR... ZZZZZZ... RRRR... ZZZZZZ... Rrrr... Zzzzzz...

—Rrrr... Zzzz...

—Rrrr... Zzz...

—¡Chist!

—Rrrr... Zzzz... Rrrr... Zzzzz...

—Rrrrr... Zzzzzz... Rrrr... Zzz...

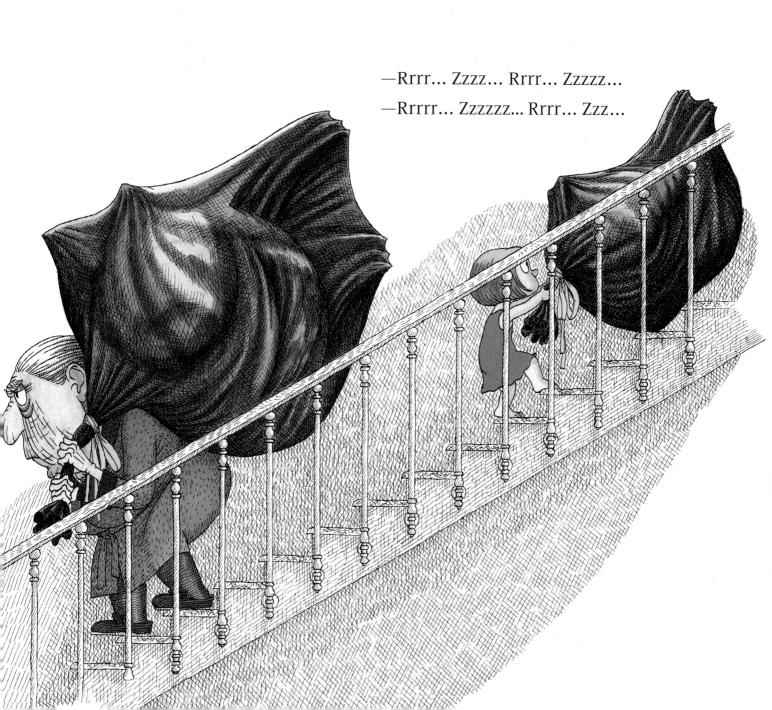

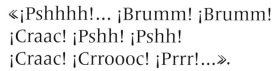

«¡Pshhhh!... ¡Brumm! ¡Brumm!
¡Craac! ¡Pshh! ¡Pshh!
¡Craac! ¡Crroooc! ¡Prrr!...».

—¡Ay ay ay! ¡Uy uy uy!...

—... ¡Ay ay! ¡Qué pesadilla más espeluznante!
Claro, con este monstruo peludo ahí delante...

—¿La niña sigue durmiendo?... ¡Sí! ¿Por dónde iba?
Ah, sí: ¡Aaauuuuuuuu! ¡Auuuu!...

—¿Quieres dejar de armar tanto jaleo?
¡No hay forma de descansar!

—Bueno, yo me voy a mi cama.
¡Hasta mañana!

«¡Crrui!... ¡Crrr!... ¡Crrrui!...».

—Esta vez es la abuelita. Voy a darle el susto
de su vida. ¡Un susto horripilante! ¡Ji ji ji!...

—¡Oooh! Qué monada
de perrito. Mira cómo llora
porque ha perdido
a su mamá.

—Ven, pequeñín,
la abuelita va
a cuidar de ti.

—¡Socorro!

—... ¡Ay ay ay! ¡Qué pesadilla más horrible!
Me parece que se me está indigestando esta abuelita.

Rrr... Zzzzzz...

Rrrrr... Zzzzzz... Rrrrrr... Zzz...

Ron... ZZZZZZ...

Rrr... Zzzzzz...

Rrr... Zzzzzz...

Rrrr... Zzzzzz... Rrrr... Zzz...